Penguin Bloom

企鹅布鲁姆

一只古灵精怪的喜鹊和它挽救一家人的故事

[澳]卡梅隆·布鲁姆（Cameron Bloom）
[澳]布拉德里·特雷弗·格里夫（Bradley Trevor Greive）
[著]

陈怀瑜
[译]

華中科技大學出版社
http://www.hustp.com
中国·武汉

献给萨姆

版权贸易合同登记号 图字：17-2018-235 号

图书在版编目 (CIP) 数据
企鹅布鲁姆：一只古灵精怪的喜鹊和它挽救一家人的故事 /(澳) 卡梅隆·布鲁姆 (Cameron Bloom),(澳) 布拉德里·特雷弗·格里夫著；陈怀瑜译．—武汉：华中科技大学出版社，2018.8
ISBN 978-7-5680-4391-5

Ⅰ．①企… Ⅱ．①卡… ②布… ③陈… Ⅲ．①纪实文学－作品集－澳大利亚－现代
Ⅳ．① I611.55

中国版本图书馆 CIP 数据核字 (2018) 第 159123 号

企鹅布鲁姆：
一只古灵精怪的喜鹊和它挽救一家人的故事
Qi'e Bulumu：Yizhi Guling Jingguai de Xique he ta Wanjiu Yijiaren de Gushi

[澳] 卡梅隆·布鲁姆
[澳] 布拉德里·特雷弗·格里夫 著
陈怀瑜 译

策划编辑：饶 静
责任编辑：江彦彧
封面设计：颜小曼
责任校对：马燕红
责任监印：朱 玢
出版发行：华中科技大学出版社（中国·武汉） 电话：(027)81321913
武汉市东湖新技术开发区华工科技园 邮编：430223
录 排：华中科技大学惠友文印中心
印 刷：武汉精一佳印刷有限公司
开 本：880mm × 1230mm 1/32
印 张：6.5
字 数：105 千字
版 次：2018 年 8 月第 1 版第 1 次印刷
定 价：58.00 元

Penguin Bloom

The Odd Little Bird Who Saved a Family

Cameron Bloom & Bradley Trevor Greive

致　谢

从最初的几张照片和草草写就的文稿，到如今优美的行文、精致的版面设计、环保纸张的选择以及独具匠心的简洁封面，许许多多才华横溢的人为这本书倾注了他们全部的心血。此刻，它正卧于你手中。

卡梅隆·布鲁姆和布拉德里·特雷弗·格里夫尤其想要感谢ABC图书的布里吉塔·道尔（Brigitta Doyle），她对这个故事真挚而持久的热爱，对这本书意义重大。

他们也想感谢澳大利亚哈珀·柯林斯出版公司的西蒙·M.米尔恩(Simon M.Milne)和纽约作者之家的艾伯特·朱克曼(Albert Zuckerman)，不管是从私人层面还是职业角度，都深深感谢两位的意见和帮助。

家

在非洲黑人和美洲土著看来，家人是指整个村落的全部居民，包括在世的和已故的。当然，你的家人也不只限于人类。

听——

火光里的噼啪作响，

流水淙淙，隐约依稀，

森林里雾气氤氲，山岚缭绕，

或狂风呼啸，或微风拂面，

雷，暴怒，阵阵轰隆，

亲吻你的雨点滴答，

还有迎着你脚步声的“叽喳”鸟鸣，

……

这些都是家人在向你倾诉。

——爱德华多·加莱亚诺（Eduardo Galeano）

马克·弗雷德（Mark Fried）译

序

我们的故事说起来带着深深的隐痛，但却是真实而美好的。

我希望你可以明白，我接下来讲的故事关乎泪水、关乎愤怒、关乎渴望，除此之外，我同样在谈论爱的滋养。

我们曾喜极而泣，曾带泪入眠，因为那是爱的本质。

爱，可能让人受伤。

爱，也能使你重生。

引　　子

我爱上萨姆(Sam)时，她是新港海滩面包房的“小二”：一条褪色的牛仔裤，配一件白T恤，深蓝色的围裙蒙着“浮尘”，那是面粉，甚至她的鼻尖上也蹭着一星半点白色。她个子小小，胆识满满，很美。而我，正在店里吃派。

萨姆是悉尼科技大学护理学专业的学生，周末和节假日在父母开的面包房帮忙。尽管课业繁重，往返时间又长，但只要她一站到柜台后，就热火朝天地干起活来。我都不知道她哪来的这些用不完的精力。

萨姆幼年时腼腆、安静，但从来没有安分坐着的时刻，也许她压根就坐不住。她不在念书或滑滑板的时候，就帮人打扫或照看小孩，以赚些零花钱。少年的她，就有经济独立的目标。萨姆长成了一个假小子，她总是乐呵呵的，又倔得要命，简直就是她父亲的“翻版”。热爱勤勉劳作，讨厌无所事事，笑对人生伤痛，是这个家教给萨姆的品质。在她看来，忙忙碌碌的就是好日子，泰诺[①]是给“懒骨头”准备的。

① 编者注：一种感冒药。

而我呢，对上大学这码事毫无兴趣并很早就离开了校园。13岁那年，我无意之中拿起父亲的旧相机，从那刻起，今后从事什么职业这个问题，在我心里有了清晰的答案。3年后，我在一次冲浪摄影比赛中获奖，奖品是40美金和6卷胶卷，这足以让一个自负的澳大利亚小子坚信自己注定会成为下一个理查德·艾维顿（Richard Avedon）[①]。所以我都没法想象，当萨姆的父亲察觉到我对萨姆的疯狂迷恋时，他老人家有着怎样的感想。

不管是在工作室钻研摄影技巧、在暗房冲洗照片，还是拍外景，我每天的工作几乎都是从冲浪板开始，也在冲浪板上结束。因此，我最喜欢到马路对面的“冲浪之余”馅饼店小憩片刻也绝非偶然了，前提是萨姆在店里。我留心记熟了她的工作时间，每天收工前的最后一番破浪前行更是如飞一般，然后直奔面包房。我总是点一份牛肉蘑菇热馅饼，外加一个蛋挞，然后抓住机会跟萨姆简短地聊天。餐点上桌后，我会美滋滋地享用，是心里美滋滋的——冲浪裤在滴水，牙齿在打战，脚上沾满沙子。只要萨姆不厌烦，我就一直跟她闲聊，常常聊着聊着就到了打烊时分。

吃饱后，精神抖擞，而我的裤子自然也干了，这时我会觉得分外勇敢，便会扭捏着走到操作台前，紧挨萨姆坐下，傻里傻气咧着嘴，痴痴地望着她笑。萨姆的老爸负责后厨，在巨大的烤炉跟前操作，他的脸被熏得通红，

① 译者注：理查德·艾维顿（1923–2004），出生于纽约，是美国最著名的时尚摄影师之一，他生前曾为众多名人拍摄，包括梦露、赫本、安迪·沃荷、培根、肯尼迪家族等。

看上去表情狰狞。他布满血丝的眼睛也好像在警告我：小子，这么公然搭讪是很危险的！不过，不久我便得知，这貌似生气的面庞多半是粉尘过敏所致。这位父亲的外在像硬皮面包，硬邦邦的；但他的内心却像是一颗奶油泡芙，温柔和善。而且，对小年轻的恋爱，他是很支持的。当萨姆把那些没有卖完、原本打算扔掉的香肠卷和杯子蛋糕都送给我时，我第一次切切实实地觉得我和萨姆能成。在这件事上，我的小狗邦迪对萨姆的爱意一点也不比我少，哈哈。

萨姆和普通的美女很不一样。当她的朋友们大谈八卦、对电影明星如数家珍、对拜伦湾赞不绝口之时，她跟我谈论的是医学、看过的好书以及未来计划——毕业后去西非一趟。除了有趣和美貌，萨姆身上还有种特别的东西吸引着我，但我又说不上来具体是什么。穿上高跟鞋也不过一米五的萨姆，自带强大而含蓄的气场。她对生活的热爱，让我备受鼓舞；她的为人处世，又让人心生暖意；她的话不多，也从不会哗众取宠，但她就是用那样一种无声的自信来告诉你：只要是她认定的事就没有办不成的。时至今日，我对此的体会再深切不过了。

第一次约会时，我俩都是 19 岁。我在新港饭店灌下一两杯酒，给自己壮了个胆，又耍了个小聪明，让萨姆主动约我去比尔戈拉海滩参加一个派对。嗯，就是这样，萨姆成为了我最初的、最终的、唯一认真交往的女朋友。我明白，我找到了此生至爱。

我们的婚礼很简单。正巧几周前我做了一次婚礼跟拍，就把他们那个花哨的彩棚借来，放在后院。亲朋好友欢聚一堂来观礼。我的新娘自然是明媚动人到极致，让人难忘的还有那些美不胜收的鲜花和一个超大的巧克力蛋糕——萨姆爸爸准备的。老人家眼里噙满幸福的泪水，像拥抱儿子那样将我抱住。在庆典的狂欢活动之前，我给萨姆准备了一个惊喜——请了一个毛利人歌舞团来表演传统歌曲和哈卡舞。不得不承认，这有点怪怪的，因为我俩都不是新西兰人。不过，只要萨姆开心，那就是美事一桩。听着萨姆明朗的笑声，我真想跟她再结一次婚。

毕业后，萨姆在坎伯当的皇家阿尔弗雷德王子医院神经外科病房开始了她的护士生涯。我们的第一个家是一套极小的20世纪初的老式排房，在悉尼西部的中心城区。但我们从未忘掉家乡，所以会经常进行跨城的“朝圣之旅”——去到海边，那儿是家族的根。除了对海的深情，我们另一个共同点就是酷爱旅行。只要有探索世界、体验不同文化的机会，我们二话不说，双肩一耸，背包上身，就毫不犹豫地向未知地域迈进。

好在我俩既不热衷奢华度假也不看好跟团出行，那么钱不多也就不是问题了。我和萨姆都爱户外活动——尘土飞扬的乡间小路比都市里的水泥大道更吸引人，土墙茅舍比博物馆更有意思，大排档比米其林餐厅更有滋味。在我们看来，宴会厅里晃眼的水晶灯实在无聊，怎么能比得上静谧夜空里闪耀的群星呢。

到结婚十周年的时候，我们已游遍地中海沿岸以及更远的国家。萨姆非洲游的梦想就实现了不下 5 次，摩洛哥、塞内加尔、马里、毛里塔尼亚、布基纳法索、科特迪瓦、加纳、多哥、博茨瓦纳、埃塞俄比亚，这些国家都被我们“收入囊中”。我们还远赴中东，所探险、涉足的地方，至今还有些是游客禁区呢。一起走得越远，彼此就爱得越深；爱得越是深，我们就越是想一起去更远的远方。

很多无比珍贵又历久弥新的记忆都源自和萨姆的周游列国史，几多磨难却妙趣横生：我们赶在黎明前爬上土耳其的内姆鲁特山（Mount Nemrut）山顶看日出；骑着阿拉伯良驹，晃晃悠悠到达埃及第一座金字塔——左塞尔金字塔（Pyramid of Djoser）；并肩站在法赫尔丁·麦阿尼城堡曾经的要塞（位于叙利亚帕尔米拉古城遗址上）旁感慨万千。

这些珍贵的旅游记忆并不全是关于被遗忘的古城和复杂的地貌。在罗马，靠着指南针在迷宫般的后街小道里悠哉地度个周末，我们尝到了好吃到不行的意大利手工面，我们一直吃一直吃，直到肚子快撑破了，还是忍不住再多吃一口。充满异国风味和民族特色的菜肴一直是我们的最爱，它们是我们生活里很重要的部分——毕竟，我们因食物结缘。

我们何其幸运，能共同拥有这些奇特经历，唯愿我们的儿女、我们的孙辈，将来也有类似的荣幸。我们压根没想过要停止旅行，实际上正盘算着能尽快重游非洲一趟，哪知上天给了更盛大的安排。这个安排，其实在肯尼亚平原的那次简易帐篷露营时就已萌生。是的，我要当爸爸啦！这个消息简直让我乐坏了。纵然外面的世界很精彩，但“妈妈”这一身份能让萨姆抵挡一切诱惑，安安心心地守着她的大肚子。萨姆人矮，就更显怀，这个超级球体的直径快赶上她的身高了，她在家里笨拙地四处挪动时像极了一只大甲虫。

她第一胎生得艰难无比。萨姆想顺产，但经过22小时的分娩，仍没有成功。很明显，再这么下去要导致胎儿宫内缺氧了，产科医生们赶忙实行紧急剖宫术。医生们心急火燎地接生孩子，竟导致硬膜外麻醉（分娩镇痛措施）没做好，在手术时萨姆能完全感受到主刀医生的手术刀切开她紧绷的肌肉。难以想象，这得多疼啊！萨姆却忍受住了，她脸色死一样的白，死死拽着我的手，愣是没有吭一声。我想世界上唯一能够缓解她如此揪心的疼痛的，只有那个刚被分娩出的小小的有着天使般面孔的我们的孩子——鲁本（Rueben）。

这种折磨让人心有余悸，我在心里默默说道：要是萨姆不愿再要孩子了，我可以理解，我也不想让她再遭一次这样的罪了。但萨姆乐于成为母亲，想要生更多的孩子。生第二个儿子诺亚（Noah）的时候，萨姆出奇的镇定和自信，竟选择坐我的摩托车去医院。当我的银色“小黄蜂”噗噗噗地驶进妇产医院的停车场，迎面而来的是无数惊愕又带笑意的神色。两年后，我们最小的儿子奥利弗（Oliver）也出生了，我们的大家庭就算完整了。

现在，我们搬到了悉尼北部的海滩，回到我们成长的地方。萨姆辞了职，全力抚养这三个精力旺盛的小鬼，而数码摄影技术的问世意味着我可以做在家上班族，既能在家办公，又能在抚养孩子上搭把手，实战“奶爸”一职。现在想来，一切恍如天堂。

家里有三个“半野人”似的小孩，每天就在吵吵嚷嚷中过去了，我们无暇像以前那样马不停蹄地去环游世界，但也没停下来。我和萨姆尽量常去海边冲浪、游泳。萨姆的运动类别更多：滑板、跑步、山地自行车，外加足球。这样似乎还不够，她还定期去当地的体育馆锻炼。孩子们毫无悬念地继承了萨姆的运动天性，他们甚至连跑鞋的鞋带都还不会自己系，就已经个个是跃跃欲试的多项目选手了。的确，越野自行车、冲浪板、滑板、沾着泥点的足球鞋，还有英式橄榄球，横七竖八地塞满了整个车库，想不运动都难。

年复一年，孩子们日渐长大，想到可以带上他们一起出游，我们兴奋不已。形形色色的跨国旅行计划构想了一个又一个，但我们整日都忙于收拾屋子、拼命工作、指导孩子的课业和各种活动，以至于我们都开始怀疑还有没有机会再见到机舱内部。直到父亲的离世让我们意识到得挤出时间。失去这样一位挚爱的家庭榜样对我们而言是一个沉重打击，同时也点醒我们：身为父母，我们必须为孩子创造尽可能多的幸福记忆。

埃及本是我们家庭旅游的首选，旨在向小朋友展示古代史其实是鲜活生动的。遗憾的是，自我们上一回去之后，中东形势就不断恶化，那里并不适合外国游客去，更别说是带着年幼孩子的我们了。考虑到初次重大的举家冒险之旅应当别去太远，我们最终选定了泰国。关于这个迷人国度的诸多奇闻，我们早有耳闻。

来到普吉岛，谁知它如今已是东南亚最受欢迎的海滨度假胜地。当地人善良友好，海边景色也不错，但我们打算让孩子体验的泰国文化却几乎难觅踪影，这里已然成了各国青年背包客的派对之城。由于期望过高，我和萨姆难免对这趟旅游心怀失落感，但也没完全死心。我们飞行 10 小时跑到这儿，可不只是为了让几个傻小子尝一口干酪汉堡包，收集一个难看的廉价小玩意什么的，但看到他们乐在其中，我们也很高兴。

在安达曼海清凉的海水里泡了泡，我们总算平复了情绪，点了份香烤鸡肉饭，边吃边商量接下来的方案。日落前，我们已决定逃离这儿，准备北上，到1000英里开外的清迈或更远，在缅甸和老挝边境的层峦叠嶂里，我们或许可以找寻到泰国本土的山丘部落。行程中，我们打算在沿海岸的地方做几次停留，一为休整，二为体验真正的“泰式”乡村生活。

于是，次日清晨，布鲁姆一家匆匆挤进一辆小型货运车，沿着泰国最长的高速公路——碧甲盛路的东北方向行驶。6 小时后，我们已穿过马来半岛，快到中国南海了，最后我们停在泰国湾（暹罗湾）的一个临海小村落，刚好赶上晚饭时间，真是太好了。

第二天，天蒙蒙亮，我们就迫不及待起床出去溜达。海滩上空空如也，只有几棵椰子树在轻轻随风摇动。海水那么清澈，我们一个个都忍不住跳进水里，接下来的整整 3 小时，几个人像从没见过水似的，在里面如傻子一样不停地笑啊、闹啊……对我和萨姆来说，快慰之情，溢于言表。就像我们最初期待的那样，泰国真的成了我们家族探险的理想之地。

孩子们还在近岸的浪里嬉戏、打闹，萨姆已麻利地将青绿色 T 恤和黑色短裤套在比基尼外。见状，其他人也纷纷擦干身体，抓起衬衫，趿上人字拖，漫步回酒店。我向前台询问了租借自行车事宜，这一天的行程安排就是慢悠悠地蹬着自行车，四处逛逛，好好看看这里的风土人情。

可能是天气炎热又潮湿的缘故吧，尽管起得早又疯了一早上，大家都没吃东西，但一点都不觉得饿，反而是口渴难忍。酒店附近有一个露天小摊，摊主是位上了年纪的女士，和蔼的她表示有上好的热带水果，可以给我们做些鲜榨果汁和冰沙，简直说到我们心坎里了！孩子们选了菠萝、芒果和椰子的混合果汁。选椰子，完全就是为了看开椰壳取椰汁的“表演”。只见娇小的泰国老奶奶，用一把厚实的大刀熟练地一砍，椰子韧性的外皮连同底下又硬又脆的椰壳一起被一劈两半。我和萨姆都点了木瓜汁，加少许泰国青柠，喝一口，嘴里苦涩的咸味马上被冲跑了。我真觉得那是我喝过的最清爽解渴的东西了。

我们边咕嘟咕嘟大口喝着果汁，边打量起这个院子，一眼瞥见一个通往屋顶观景平台的螺旋形楼梯。于是，我们想等喝完果汁后上去一探究竟。我们惊喜地发现，这里比两层楼还要高一点，是一个 360 度无死角的绝佳观景台。萨姆和孩子们眺望着绵延无尽的沙滩，想找一找有没有理想的冲浪地段——虽然这在海湾地区极少见。视线从海边转回来，我意识到所到之处比我原本以为的还要偏远得多。四周尽是大片大片的椰子、菠萝种植园，不远处有几头睡眼蒙眬的水牛。

现在差不多是中午 11 点，一切热得像是静止了。除了一只羽毛乱蓬蓬的公鸡飞上附近一棵巨大的橡胶树，正神气活现地停在树枝上。一座寺庙在远处若隐若现，我顺手"咔"了几张，暗暗记下这个地方，等吃过午饭或再晚些时候天凉快点了，可以去那里骑一圈。

正想着，耳边传来一声沉闷的巨响，如撞击破钟，接着是一阵激烈、尖锐的"乒乒乓乓"，那是金属碰上石块的声响。

时间仿佛瞬间凝固，我有点儿懵了。

萨姆当时正倚靠着由纵向柱和横向杆构成的安全护栏。纵向柱的底部是混凝土墩子，上半部分是一截貌似坚固的实木柱子，不知是什么木头，反正腐坏得千疮百孔。横向杆是几组平行的钢管，钢管就拴在木柱子上。护栏在她脚下塌了。旋转下落的钢管不断剐蹭到坚硬的蓝色水泥瓦，火星四溅，发出刺耳的“嘶擦”声。这种声音一直在耳边嗡嗡作响，我只觉得天旋地转。

护栏的忽然坍塌让萨姆大吃一惊，她失去了平衡。似乎有那么一个瞬间，她是镇定地站在平台边缘的，然后以一个致命的角度，靠向了“深渊”。她修长的双臂发狂似的在空中挥舞，手指张开，就好像要抓住什么可以握住的东西以逃离“深渊”。

之后，她消失了。

没有听到尖叫声，没有听到她掉到地面的响动，我的耳朵里，只有令人毛骨悚然的寂静在咆哮。脑袋一片空白，各种念头涌进来，顷刻我又把它们赶走，担忧和恐惧一阵阵袭来。我扔掉果汁，奔到平台边，低头所见比想的更糟糕。20 英尺下的瓦片上，躺着一个扭曲的萨姆。

她“死”了。

时空仿佛被按下暂停键。接下来的画面是我跪在萨姆身旁，至于我是怎么下的楼梯，怎么走过去的，我一概不知了。她已经失去知觉，但还活着。嗯，算是活着吧。

猛然的冲击把她红色的人字拖撞飞了，太阳镜也不见了。她的眼睑并没有完全合上，因为我可以瞅见一线眼白。这还不是最惊悚的，她的背部中间有一截骨头鼓出来，像龇牙咧嘴的怪兽，还有一个拳头大小的肿块从T恤里探出畸形的“脑袋”，那才叫吓人。

她咬住了自己的舌头——咬紧的牙齿上有血迹，每一次喘气都相当困难，好像下一口气随时会接不上来，只有虚弱的幽灵般的“嘶嘶”声证明她还有呼吸。我想试试掰开她的嘴巴，清理气道，但她下巴闭得牢牢的。我扯下衬衣团成一团给她枕上，再轻轻将她的脸转向侧面，试着让她处于复原卧姿。我用双手将她的头部捧起，马上就感到一股暖流，鲜血从她金发的各处缝隙间不停渗出。不管我把手放在哪里，不管我把她的头发拢向哪一边，也不管我用那已浸透血液的衬衫按压得多用劲，血都止不住地流出，而且，伤口很不规整，我根本找不到它的边缘。我低下头看了看，一圈绯红色的光晕中央，是她纯洁的脸庞，这个光晕还在扩张，因为血泊在不断扩大。我的心凉了一大截。

我声嘶力竭地呼救，又拼了命地想要叫醒昏迷的萨姆，可这是徒劳。我再次疯了一样地喊救命，喊救护车。我需要有人，随便什么人，我需要他帮我挡住我的孩子们，我不想让他们看见妈妈的惨状，但我一抬头，三个孩子就站在我身旁。他们脸色灰白，一声不吭。

诺亚没吱声，脸颊上两行热泪汩汩淌下；这骇人的场面不是小奥利弗能承受的，他躬起身子，吐了；老大鲁本，强装勇敢，但一开口，全是恐惧：“妈妈会死吗？”我至今想不起来自己是怎么回答的，又或者我压根没说话。

附近的游客，还有当地村民都闻讯赶来。他们中的一些人围着孩子们，安抚他们；另一些人来到我身旁，按我的指令帮忙。鲁本则冲到前台打了120。20分钟后，医护人员赶到，场面开始变得有序。他们先用绷带把萨姆绑在一块长条状的橘黄色急救板上，再抬上救护车。我踉踉跄跄地跟在后面，想做任何能做的去救她，但什么也做不了。

接下来的3天，萨姆一直被固定在那块橘黄色的木板上，辗转于各个急诊室，并从当地医疗中心长途跋涉到了曼谷附近的综合医院。她始终在半清醒、半无意识的状态间切换，有时是因为剧烈疼痛，有时是因为被束缚得难受，她迷迷糊糊地顺着绷带一阵摸索，想要掀掉氧气面罩，把插满全身的维持生命的各种管子拔掉。有那么一两个瞬间，她有点明白过来，会努力叫出我的名字，然后开始流泪。

外科医生们一致希望立即手术，但萨姆的血压远没到可以做手术的稳定程度，我们只好一等再等。我被告知，萨姆活下来的概率微乎其微。

澳大利亚驻泰大使馆的领事驱车从曼谷赶来，帮我照看孩子们，把他们安顿在附近的一个酒店。到某个时间点，我会去洗个淋浴、换身衣服，试图吃点东西、睡个觉，但萨姆的危急情形、她正遭受的痛苦时刻牵动着我。我的视线一刻也不想离开她，生怕错失和她最后的道别，但又害怕真有这么一刻。

她总算从手术室里被推出来，转到ICU，病床被高科技的生命维持设备包围着。这时我拿到一份完整的病情报告：颅骨多处骨折，脑出血并有严重挫伤；双肺破裂，其中一个肺叶因胸腔积液已完全萎陷；还有，脊柱的T6和T7节（就是肩胛骨下面一点的位置）粉碎性骨折。她身体里就没有哪个器官未受损。

手术后萨姆能自主呼吸了，这让我大松一口气。但她的腿仍没有知觉，由于她背部的瘀伤过于严重，医生告诉我萨姆此刻可能正处于脊休克状态。脊神经的传导功能会随肿块消退而慢慢复原，这个过程需6–8周。

尽管舌头的伤逐步愈合，但糟糕透顶的头部损伤经常引起偏头痛，萨姆要开口说话反而更困难。当孩子们首次得到允许前来探视，看到萨姆肿大得有些变形的脸，诺亚吓呆了，以为他的妈妈已经死了。许久，萨姆拼尽全力说了几句话，不是怨天尤人，也不是求得怜悯，而是反复道歉，说她害得这次度假泡了汤。萨姆的忘我和无畏是我们无法企及的，我的泪水再也忍不住，一家人相拥而泣。

漫长的几周过去了，但萨姆几乎没有好转的迹象。她失去了嗅觉、味觉，背部那个凶险的瘀伤处的以下部位都没有反射反应。但她继续积极治疗，并且只要忍得住，就拒绝用止痛药，为的是预示恢复的第一缕刺痛来临时，她能真真切切地感受到。当医生认为她的情况已稳定到可以接受飞行时，萨姆被空运至悉尼医院。在那里，她耐心等待着更好的消息，但，好消息并没有到来。

我不在跟前的时候，一位麻木而冷血的医生曾直接告诉她："你不可能再下地行走了。"这让勇敢的萨姆几近垮掉。我不知道在经历这毁灭性的打击之后，萨姆是如何设法让自己全身心投入到康复过程中的。我只知道，出乎意料地，她做到了。

7个月后，萨姆才得以从病房解脱。萨姆重回家中，我和孩子们高兴得不能自已，可我们虽然都面带灿烂的笑容，但每个人内心都压抑着悲痛和担忧。表面的欢庆只不过在粉饰我们内心的绝望罢了。

萨姆努力表现得坚强、充满希望，可我们分明看到她在痛苦挣扎。每一天，迎接她的都是一场注定不能赢的战斗。她再也不能追随内心，想干什么就立刻付诸行动；也不能参与到家庭生活中，只能远远地看着，悄悄地想象一下。她在为逝去的那个原来的自己默默悼念，她会哭着哭着就睡着了，也会满脸泪痕地惊醒。当孩子们进来看她时，她似乎又回到从前，但我能感觉到，也是认识她以来第一次感觉到，她内心的坚定在一点一点被瓦解，那些满满的正能量，已消失不再。她的笑容少了明媚，她的笑颜不复频繁，每个早晨从卧室里出来所需要的时间也越来越久，她该是不愿醒来吧。

萨姆好像被掏空了，犹如一具四处飘零、茫然无所依的躯壳，她的眼神日渐黯淡。我明白，她是在逃避这个生机勃勃的世界。

这么一个无拘无束、有着无限热情与活力的灵魂，如今，因为病痛，只能被圈养在无微不至的看护中，囿于一把轮椅，这样的事实，让人难以接受。

我四处咨询、求助，终是一无所获。

慢慢地，萨姆一步步丧失了对生命的热爱。

这时，“企鹅”来了。

P e n g u i n

B l o o m

“希望”，它自带翅膀。

——艾米莉·狄金森（Emily Dickinson）

Penguin
Bloom

CONTENTS

目录

“企鹅”来了

Penguin Bloom

天使的模样
和大小，
千千万万。

我儿子诺亚发现它的时候，“企鹅”还是一只小小的、站都站不稳的喜鹊宝宝，就躺在诺亚外祖母家旁边的停车场上。

我们猜是一阵海风把它“扔”出了家——那个挂在一棵高耸入云的诺福克岛松上、离地 20 多米高的巢。这个小小的“毛球”一路朝下，就好像穿过一个纵向的隧道，不断撞上层层树枝、反弹、打转，再撞、再弹起……最后重重地落在沥青地面上。

它的一只翅膀无力地耷拉着，遭受过太多次的连续重创后，它几乎动弹不了了。经历了如此骇人的高空坠落事故后，它还活着，真不知有多幸运。

但它还没脱离危险，要是没有即刻的照料，这个颤颤巍巍的小家伙几小时内就会死掉。

我们这个家已经历了足够多的人生悲剧，所以，对于它，我们决不会坐视不管。萨姆让诺亚把小鸟捧在手心里，然后他们接上诺亚的外婆，驱车急匆匆往家赶。

因为找不到一家动物救助站愿意收留这只受伤的喜鹊宝宝，我和萨姆决定自己照顾它，直到它痊愈，并有能力独自生存。万一小喜鹊没能挺过去，我们打算让它长眠于这个院子。无论怎样，我们都会悉心陪伴在它左右。

孩子们看到它的毛色是黑白相间的，便立即想到一个贴切的名字：企鹅。嗯，就这么定了。

就这样，三兄弟突然间有了一个“小妹妹”——企鹅·布鲁姆小姐。

我们没有鸟笼，也压根没想把它关进笼子。企鹅是一只野生的鸟儿，我们想让它按原生态的方式成长，便用一个旧的藤条脏衣篮给它做了一个简单的窝，为了让它免于受冻，还在里面铺上了柔软的棉布。

照顾任何生病或受伤的生命，从来都不是件容易的事。我们很快便体会到，照料一只鸟宝宝尤其艰难。这个“小女儿”一点也不受控制，也许是它野惯了。为看护它，我们投入的心血超乎想象，特别是在头几个星期。

起初，每2个小时就得喂它一次。喂食任务由诺亚、奥利弗和鲁本利用课余时间轮流执行。而我和萨姆，在孩子们上学期间，就接替他们充当企鹅的专聘厨师和保姆。

但是，当我们对企鹅吃、喝、睡的呵护工作步入正轨，并取得实质性的胜利时，它的康复形势依旧不乐观。

虽然翅膀的伤情并不如我们之前担心的那般严重，但它再飞起来的可能性近乎渺茫。这一摔让它虚弱至极，病恹恹的。

有好多天，企鹅拒绝进食，相当颓废。看到它这样，我们都觉得要失去它了。

有几个晚上，当我们把企鹅塞进它的小被窝时，都特别担心它是否能够挨过这一晚。

困难重重之下，我们继续倾尽全力守护这位最幼小的家庭成员。我们陪它玩耍，给它唱歌，鼓励它好好吃饭，鼓励它乖乖锻炼受损的翅膀。一天天过去，小企鹅在我们无限的耐心和爱的陪伴下，身体渐渐恢复，信心也与日俱增。

作为一个蹒跚学步的鸟宝宝，它那受损的翅膀对它反而没有太大的影响。它像一团狂躁不安的炸开的毛球，还带一个尖尖小喙，但我们偶尔会在这团毛球身上隐约瞥见“空中女神”的影子。它注定是个“美人”。

与大部分青春期的少年一样，企鹅也经历了一个难以相处的阶段。随着羽毛长出，它也进入了离经叛道的“问题少年”阶段，我们戏称之为“哥特期”。

它离奇又绝妙的一生从来不乏传奇色彩，当然，我们对它的爱也从未减少一分。

像很多家庭里的小妹妹那样，它很快练就了“让哥哥们简直要气疯但又拿它没办法”的技能。但最后他们总能和好如初，依旧是最好的朋友。

我和萨姆不得不承认，看着这帮“孩子”一同成长，这场面实在太有爱。

企鹅一天天变得强壮，它的好奇心也与日俱增。我们从不把它关起来，所以它爱去哪儿就去哪儿。

没过多久，它便开始能独自在后院搜寻好吃的，给自己添加辅食。显然，它一天比一天独立了。

尽管来去自由，企鹅依然选择睡在家里。它喜欢和我们住在一起，这点令我们很开心，但我们同样希望它遵从天性，养成喜鹊的习性。

尽管，说实在的，我们还真不知道喜鹊该有怎样的行为和习性。

为了企鹅好，我们认为它需要花大量时间待在户外，毕竟它长久的幸福安康取决于它在自然生存环境中照顾自己的能力。适应从温室到荒野的转变，仅仅靠游戏模拟和观摩影片这样的准备，可能连及格线都够不上。

还有一点不得不提，“企鹅宝宝的如厕训练”这码事还真没有，起码我们无法做到。家具、地毯、床罩、窗帘、帽子、电视机、电脑……当企鹅的专属标记无数次在家里遍地开花之后，我们下决心要给它置办一套“公寓”，毕竟，姑娘长大了。

这并不是一个特别愉快的决定。

幸好院子里就有一棵高大的鸡蛋花树，有些低矮的枝丫很容易可以够得到，企鹅平时也老爱栖在那儿。所以我们就决定将它的新宅安在鸡蛋花树上了。

新宅离我们的房子很近，以便它随时顺道回“娘家”一趟——

实际上它也常这么干。就算近在咫尺，这也是企鹅生命路途上的一道坎。看着“女儿”独自一人，走向陌生的“远方”，我们心里也并不轻松。

我们不断地担心这，焦虑那。

然而这不是杞人之忧。

喜鹊是狂热的领土卫士。有时，企鹅会遭遇这一片区一帮“霸凌分子”的毒打，这伙“恶棍”把它撞飞到地上，气势汹汹地抓扑它、揪扯它和狂叼它的羽毛，恶狠狠地啄它的眼睛。

勇敢的姑娘拼死抵抗并反攻。看到它伤痕累累、痛苦疲惫，我们心如刀割。

而且，当我们想到，它逐渐意识到这样的凶残和暴击是自己世界的一部分时，我们的内心更是感到加倍的绞痛。

企鹅从未向那些残暴的压迫者们屈服，这点让我们钦佩不已。

澳洲喜鹊以其悦耳的叫声闻名，企鹅也有幸得了一副好嗓子。它爱极了鸣叫，有时一次会叫好久。

企鹅好像总能确切地掌握“哥哥们”放学回来的时间。每天快到下午三点半时，它就立在我们家花园周边的橘子树上，等待男孩子们从拐角出现。一听到他们走近的响动，它就开始发出嘹亮的鸣叫，孩子们则愉快地用竭力模仿出的喜鹊叫声大声回应。“喳喳喳”一叫，“呱呱呱”一答，一时间，此起彼伏，交相呼应，他们的相互问候，仿佛一曲欢快的合唱。

同样地，每次我和萨姆的车在自家车道上缓缓停住时，企鹅就用高亢而优美的一声啼叫欢迎我们回家。然后，它会兴奋地拍打几下翅膀，翘一翘尾羽，神气活现地踱步到门口，等我们迎它进门。

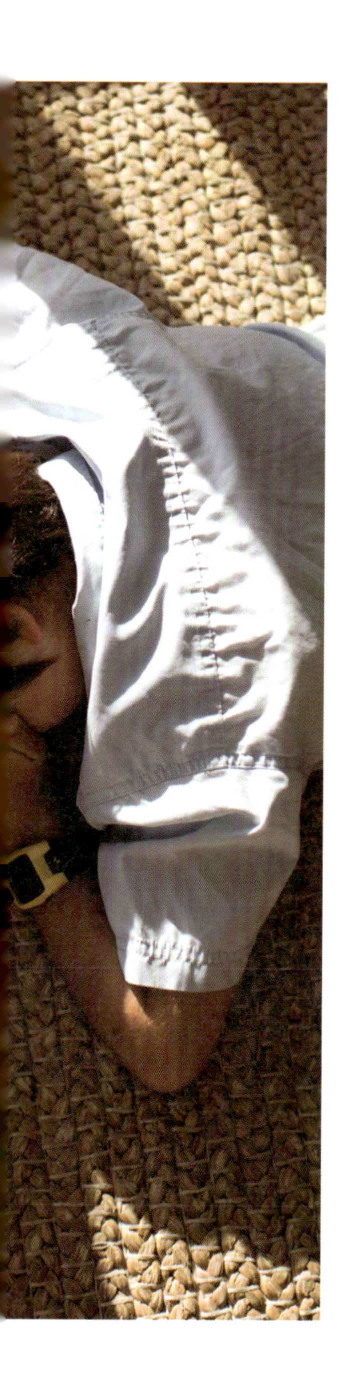

坚持把企鹅放养在户外是一个我们期望以失败告终的挑战。虽说为了更好地成长，它已搬出去自立门户，但企鹅始终是我们家最受欢迎的客人——好像它也觉得这是理所当然。

我们尽力确保它晚上是栖息在鸡蛋花树上的小屋里的，但只要哪天有一扇窗忘记关，第二天拂晓，它一准从窗缝挤进来，一跳一跳地溜进卧室，兴奋得忘乎所以，活脱脱一只伶盗龙[①]的样子，虽静悄悄地，但浑身透着窃喜，再轻快一跃，熟络地跳上床罩，踏踏实实睡一个舒服的回笼觉。

---

① 译者注：伶盗龙（学名：Velociraptor）又译迅猛龙、速龙，属名在拉丁文中意为“敏捷的盗贼”，是蜥臀目兽脚亚目驰龙科恐龙的一属，大约生活于8,300万至7,000万年前。

企鹅出现在我们家的时间点刚刚好，我的意思是它幸好没撞上之前那段被阴郁笼罩的日子。

有些事情，最好一辈子都不要让孩子们瞧见。目睹自己的妈妈病危、几近死亡，无疑是其中之一。

在医院待了半年多后，萨姆总算回家了。原本以为她已经脱离生命危险，但关于她身体状况的残酷现实，我们才勉强初识一二，考验刚刚开始。

当年婚礼时第一次抱着萨姆跨进家门，那甜蜜而温情的场景还历历在目；这一次，同样是将她从车上抱下来，还是抱着她跨过这道门槛，此刻的沉痛和悲怆，却是无人可以感同身受。

胸以下高位截瘫，意味着太多太多——但，没有一件是好事。

最最不好的是，这意味着双腿和腹部肌肉的“沦陷”，也就是说你没法坐起身，不能站立，不能行走，不能跑，再也无法感

受和大地的一切联结。

凉凉的、湿漉漉的草地，脚趾无缘感受了；夏日脚下滚烫的沙地只能是一幅画面了；在沙滩上留下一串脚印，也只好假想一下聊以慰藉了。

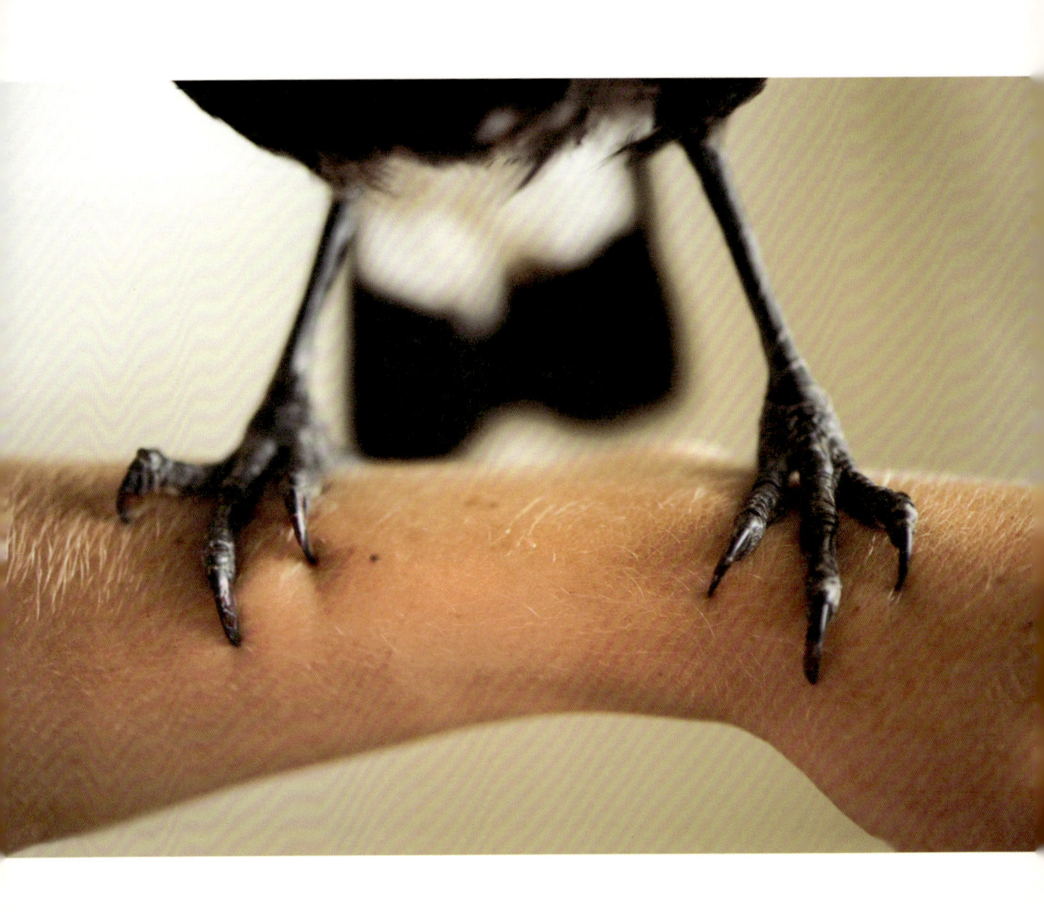

爱人之间的亲密缠绵，更是想都不敢想。

人生的这一部分，已逝。

困于轮椅，断裂的脊椎上还拧着两根钢钉，萨姆觉得自己成了一尊蜡像，窒息到快要死去。

她没法弯腰，没法站立。她想拿的、需要的任何东西，统统够不到。如果为了不麻烦别人，自己努力够够看，她就要冒着摔倒、受伤、被卡住不能动弹的风险。

不论去哪里，不管做什么，她全得依赖钢铁橡胶轮子“腿”，或是别人的腿。

除此以外，她只能原地“搁浅”，完全束手无策。

P e n g u i n
B l o o m

小心翼翼的“咕噜”声在家里缓缓响起，曾经熟悉的“故土”，如今已然是物是人非的“他乡”。

哪怕是一丁点的障碍物或仅仅是地面不平整，都将挡住她的去路，留下一个孤立无援的身影，仿佛囚于荒野。

一切都令人恍惚。

我们宁愿相信这只不过是噩梦一场，等睁开双眼，就一如从前，并没有什么事故。

可，这真的不是一场梦。

萨姆已被彻底击垮。

我和孩子们，亦是。

CASIO
TAX−
TAX+
MRC
M−
M+

这起事故给整个家庭、萨姆本人造成的损失，我都无从下手统计。

我并不是指时间和金钱方面。尽管这的确是一笔非常惊人的开销，但好在有家人、朋友的慷慨资助。而且，抚养孩子方面的开销以及为了适应轮椅行动而改建房屋方面的支出，我也都能应对。

我指的损失，是我们全家为此不得不付出的，并且以后每一天都将持续付出的巨大代价——那些没人能预料到的大大小小的日常琐碎，正迅速吞噬着萨姆活下去的意志力，也不断消耗着整个家的感情储备。

脊髓创伤病人脊椎骨折处（萨姆骨折的部位与心脏正好平行）或受伤的四肢部位没有痛感，只是个传说吧。

对萨姆而言，难以想象的剧痛时常不可预测地发作：有时似幽灵般游走于原本一直僵死的下肢和双脚；有时是沿着骨头断裂处“突袭”而来的阵阵蜂蜇感；有时是后背下方遍布的密密麻麻的灼痛，好像许多带火的触角，不断贴着皮肤伸缩。她还得忍受可怕的肌肉抽搐，基本处于休眠状态的躯干肌肉有时会猛地剧烈收缩，让人痛得简直要背过气去；脊梁一带的肌肉会疼痛性痉挛，那种绞痛，像是对那两根咬入脊椎的钢钉的极度排斥。

即便是处于休息状态或安静地坐着，萨姆身体内部的痛楚都一直在“风起云涌”，任何时候她都无法获得片刻的舒适和安宁。单这痛感就足以击溃任何人。

每晚的睡眠也拒绝给予萨姆哪怕一点点可以舒口气的香甜。天亮之前，我要帮她翻 3 次身，以保持血液循环和通畅，防止生褥疮。

以前，萨姆喜欢忙碌地处理家务，现在她什么都不能干了。这种精神上的极度苦闷加重了身体机能的恶化。像做饭、收拾屋子这种曾是我们共同承担的日常事务，萨姆也未料到有一天她只能缺席。如今这些对她而言难如登天。就连跑到街头小店里买些食品、杂货这样简单的事，没有帮助，萨姆也绝不可能独自完成。

这样的琐事，就其本身而言，一件两件并不成气候。但当萨姆视为个人能力衰退的事情接二连三、没完没了地涌来时，它们的合力开始瓦解这位贤妻良母坚强、独立的自我形象。

OMAS DUX
assion for food

萨姆需要时刻被照看在他人视线范围内，她的一举一动都被观察着，以便必要时获得帮助、照料。这样一来，萨姆的私人空间被完全剥夺。她再也没有清静独处的机会了。

对如今的萨姆而言，任何一项人类共有的日常事宜都自带羞辱人的属性。

比如每天起床时的穿衣“工程”，就成了一桩酷刑。

雪上加霜的是，脑部损伤后的残余影响，尽管相当微弱，还是夺走了萨姆的味觉。

对一个酷爱发现美食、认真讲究美食的“吃货”来说，这玩笑太过无情。

随之而来的是嗅觉的慢慢退化，退化到她只能闻出鱼的腥味。

萨姆自己都不能否认：这是写黑色喜剧的极好素材。

这般的命运大反转，无情得近乎荒唐，但讥讽它并不会让每一天的日子更惬意一点。

往日的温馨美好非但没给萨姆支持和鼓励，反而高傲地俯视着落魄的当下，事事都让她觉得自己难堪又可怜。

萨姆觉得她像赛场外的一个看客，缩坐在你能想象到的最廉价的座席上，困顿而一筹莫展。

健康的人自由嬉闹的场景，再也不能给她带来一丝欢愉。

恰恰相反，只有苦涩。

尽管她很少表露出来，但她所见到的种种开心、美满，无一不在疯狂撕咬她的心。她不停地怨自己，怨恨自己当年所做的一切导致悲剧发生的行为。

萨姆的视角日渐狭隘、扭曲，只偏执地盯着自己外貌的变化和机能的缺失。她眼里的自己只有残缺和不堪。她也很难接受任何人一眼就看出她的异常。

痛苦、暴怒、懊悔，这类极端情绪是没办法克制的。尽管她在人前装作勇敢、坚强，但在睡觉和淋浴时，她的泪水总会夺眶而出。还好在这些地方，别人看不到她的泪水和脆弱。

萨姆和爱她的每一个人都日益疏远。

她不想任何人看见她现在的样子。

她想躲起来。

昔日的幸福小家里，无尽的阴霾挥之不去。

每天，都像是在参加一场葬礼。

萨姆在“深渊”的边缘凝望，她想纵身一跃。

我不知道她是什么时候开始想要自杀的，只知道这个念头由来已久并时不时冒出来，或者说非常频繁地出现。

萨姆承受着肉体和精神的双重摧残，我实在不忍心再责怪她。我理解，她的理性此时已被碾压得毫无立锥之地，但若任由这种悲观思想蔓延而令其做出不可逆的举动，那我们这个小家就毁了。想到将永远失去她，我承受不了。

我能做的只能是一遍一遍地告诉她，我有多爱她这个妻子，孩子们有多爱她这个妈妈，我们是多么多么离不开她。千千万万遍。

我深知苦难的摧毁力从来不容小觑，但萨姆深爱我们，我也坚信爱的力量更是势不可当。

事实证明，我是对的。

萨姆弃暗投明。在“深渊”和我们之间，她选择了我们。

倒不是她没勇气面对被众人遗忘这件事，而是生的意念要强大太多太多。

怯懦的对立面是真正的无私忘我与挚爱深情。没有人像我的萨姆那般勇敢。

前路多坎坷，直面又何妨?

康复训练虽很糟心，但她不再逃避。

既然自己心意已决，那接下来的日复一日，就该迎风破浪，笑傲前行。

尽管萨姆内心深处觉得结束自己的生命才是正确的，但她仍旧千方百计地说服自己：人生不能就此终止。

the diary of a young girl

萨姆在音乐中找到些许安慰。

她也很享受阅读带来的片刻逃离。

她仍然渴求身体大汗淋漓后的畅快与放松，却只能在万千音乐和书籍里神游、漂泊。

尽管家里从不缺怜悯之情，但萨姆苦心追求的对自我残疾的接受度，我们难以领会，也无法理解。

她不要我们同情，不需要事无巨细的照顾，更不想任何人来可怜她或是说些空洞的套话，她只要回到从前，心心念念而别无他求。

本属于自己的生活被生生抽离，只留一具躯壳。这样撕心裂肺和失魂落魄的感受，如果没有亲身经历过，就不会明了。时至今日，过往的任何艰难险阻只能相形失色，或根本不值一提。

而我，也根本不愿提起。

我能说的只有一句：我们永不言弃。

我们一直在努力尝试走进她的内心。

我们尽力去填补彼此感情疏离的鸿沟。

我们试图找到一种平衡：既给萨姆留有空间，又保持“随叫随到”的亲密。

我们等待着，直到她允许我们靠近。

我们等待着，直到她愿意吐露心声。

要把那些被迫与之共存的害怕和悔恨大声说出来，对萨姆而言太过艰难。当她确实在倾诉时，我们几乎无言以对，除了一而再再而三地重复：我们爱她，永远永远爱她，我们愿做任何事来帮她。

我们可以告诉她的最动听的话莫过于：未来不会如她想的那样黯淡无望，一切都会好起来的。尽是些陈词滥调，虽千真万确，可又含糊其辞，远没达到激励人心的要求。

面对愿意敞开心扉的萨姆，我们实在激动得不能自已，话都不会说了。

P e n g u i n
B l o o m

这却是企鹅最拿手的。它是我们的“勇敢传达爱”大使和“鼓舞士气”首席执行官。

只要事关家人的福祉，企鹅就像是一件温暖的小棉袄，暖人心头。

而一旦涉及家族的利害关系时，它是黑白分明、敏锐可靠的盟友，与我们患难与共。

NEWPORT

P e n g u i n

B l o o m

企鹅和萨姆变得形影不离，总是彼此照应。

企鹅生病孱弱，萨姆精心看护直至它痊愈；萨姆觉得康复训练举步维艰，企鹅用悠扬的啼啭催她重新振作。

在家里，萨姆伏案看书，写写日记，企鹅乖巧地立在一旁；在户外，萨姆沐浴阳光，作画涂鸦，企鹅认真地“笔墨伺候”。

企鹅待在萨姆旁可不是闹着玩儿或是见了新奇玩意儿想参与一把，它可是肩负重要使命的，且对萨姆极其忠诚。一旦萨姆遇到的坎远比预料中的更有挑战性，企鹅就会用一曲优美而清脆的啁啾以示鼓舞。

在萨姆不得不与残疾正面交锋的最艰难时刻，企鹅会确保萨姆得到尽可能最优的守护。

或许是因为澳大利亚人普遍对自己的难处表现得比较隐忍，又或许因为萨姆有过多年护理工作经验的缘故，现在作为一个病人，她的表现太过温顺有礼。需要止痛药或额外安抚、照料的时候，她从不叫喊，并且时刻准备好迎接程度吓人的不适感，没有一句怨言。

每每遇到这样的情形，企鹅总能轻易捕捉到她的情绪，先替萨姆叫唤开来。这只率真的小鸟，让萨姆意识到：她的需求，是要紧的；她本人，是至关重要的；她和任何一个正常人一样，理应得到尊重。

对于这古怪的新世界，萨姆缓慢地一点点接受着，企鹅也一样。它一直默默守候着萨姆，欢快如初，不批评，不质疑。

一天的锻炼和理疗结束，在实在疼痛难忍时，企鹅会陪萨姆躺在露天的地方休息。

我常无意中听到她们俩细语喃喃，好似促膝长谈，聊着彼此正经历的一切。

有时是萨姆对企鹅轻柔诉说；有时是企鹅向萨姆低声鸣啼；有时她和它就静静躺着，好久好久都不说话，只有微风拂过的声响。

我开始相信心有灵犀。

这层美妙的关系可以定义为是世间少有的知音，甚至比这还要深邃。

这层关系里有母女的一部分，有医患的一部分，还有惺惺相惜的一部分：两个生命体

都坚强又脆弱，因为一个词而紧紧相连——

向上。

萨姆想要坐直，挺身站起，真正自立；企鹅想要飞起来，飞过树梢，越过云层。

为了增强体力和耐力，拿回尽可能多的生命自主权，萨姆进行着常人无法想象的刻苦锻炼。

每一天，她或是借着健身器械和拳击手套跟“恶魔”较量，挥汗如雨；或是划桨数小时，划到手上起水泡、磨破皮。

她就是不认输。

随着锻炼进程的深入，她终于看到了一抹曙光，一瞬间，整个前方豁然开朗。

像多米诺骨牌一样，小小的阶段性胜利促成了更伟大的成功。

新的挑战成就了新的机遇。

萨姆感恩于自己所获得的全部帮助。现在，她终于告别了“依靠他人而活着”的生活。

她要开启新的旅程，按自己的意愿来活。

在家里，萨姆打开花洒独自饮泣的情景

越来越少，而爽朗轻快的欢声笑语越来越多。

她一点一点找回了曾经的自己，与此同时，也慢慢洞悉了潜在的那个真正的自己。这条自我救赎之路，她走得太难太难。

圣诞节前的某天，我们也做了一次心灵之旅。我带萨姆去了一个很特别的地方，想给她一个惊喜。这个地方，她原本以为这辈子都无缘再见了——悉尼最北端颇有历史意义的巴伦乔伊灯塔附近的一片露于地表的岩层群。这是我和萨姆曾经常去的心灵净土。以前，每当我和萨姆觉得困惑迷茫，就会到那儿走一走，回来时，整个人都会变得豁然开朗、精力充沛。所以，很大程度上，我们把这个布满岩块的凹凸"平台"视为心灵圣地。

问题是，要到达这个心灵圣地，你得沿一条十分陡峭、极不平整还曲曲折折的小径，手脚并用地爬一个长 300 英尺的坡，坡度将近 90°。于是，我用几根毛竹和几块沙发靠垫自制了一个山寨轿子，叫上几个最强壮也最亲近的伙伴，一起将萨姆抬到顶部。

当在岩石上注视着远处的地平线时，我们心里明白，登上这块岩石象征着我们彼此的希望、梦想和恐惧都已紧紧融为一体。

人生会变得不同，这条路并不好走，我们需要来自身边亲爱的人源源不断的支持。只要我们的心与心在一起，我们就可以迎接任何模样的人生，我们可以去更远的地方，收获更多。

萨姆一路走来所经历的千辛万苦，我们心知肚明；而且我们很清楚，接下来的路依旧困难重重。想到这些，我们的登顶庆祝反而别样的安静。然而这是一次真正的庆祝。我们相拥而泣，默默流下喜悦的泪水。

企鹅生命中决定性的一刻也紧随其后。

1903年，随着莱特兄弟的飞机第一次划过北卡罗来纳州的低空，他们迎来属于自己的历史性时刻；而布鲁姆家族划时代意义的首航则在客厅上演。

我们的欢呼声乘着企鹅黑白色的翅膀直冲云霄。

这一刻的欢欣鼓舞，由衷而纯粹。

布鲁姆家的一员，终于征服了重力。

在照料企鹅的过程中，我们对生命、爱以及几乎全部事物的看法都发生了变化。企鹅，重新定义了“家”的内涵。

起初，我们以为是我们在救助企鹅，但后来我们才明白，是这只了不起的小鸟改变了我们，它让我们一家人变得更团结、更坚强。在如此黯淡无助的岁月里，它带来了无数次的粲然与开怀。就这样，它让我们的身心都得到治愈。

所以，真真正正的，是企鹅拯救了这个家。

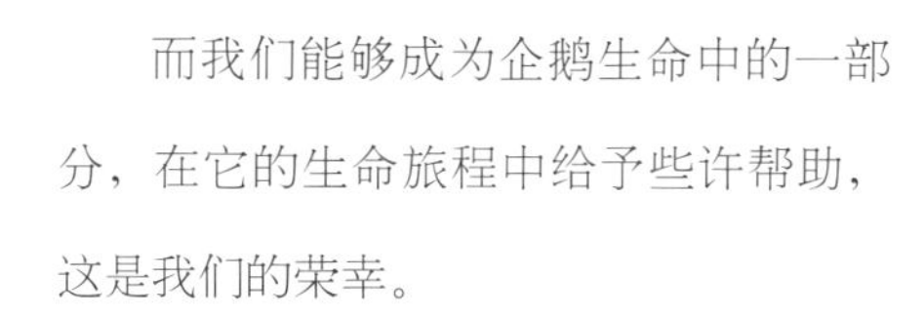

而我们能够成为企鹅生命中的一部分，在它的生命旅程中给予些许帮助，这是我们的荣幸。

一路走来，它教给我们太多太多的东西。

看着如今的它，眼神炯炯，翅膀有力，羽毛油亮，很难再回想起刚发现它时，那个羸弱不堪、一跛一跛、将死的颓丧模样。

此去经年，已是判若两“鸟”。

企鹅脱胎换骨的转变时时提醒我们：不管遭遇了怎样的苦难或沧桑巨变，以前的我们只属于历史。

你不必像超人般穿越每一个低谷，不知脆弱为何物；也不必事事苛求完美，时时保持最佳状态迎战。只是，当生活变得最糟糕不堪时，你依然能够以积极乐观的心态迎接它。乐观，不过是一种选择。创造性地、主动地去生活，乐观就会成为可能。

突破口比你想象的要近得多。

对自己的命运心怀信念，并努力寻找途径为自己和他人创造快乐，那么，你的结局注定美满。

企鹅曾一次又一次地向我们展示：在见到亲人朋友时，仅仅是给他们一个露出微笑的理由，事情就会完全不一样。

企鹅还教会我们如何真正地活在当下。

享受现代化提供的便捷当然没有错，但千万别因科技，疏远了我们所爱的人。

企鹅在不断提醒我们：我们都是大自然的一部分，我们越是深入地与大自然联结，就越能够体会到快乐。

“今天，我可以享有整个世界！”每个清晨，企鹅都带着这样的信念醒来。这个信念，我也赞同。

这样的信念，外加干净、整洁的羽毛，就是它所向披靡的秘诀。

当我拥萨姆在怀、小心翼翼地把企鹅托在掌心上时，我感到我们身体的每一个细胞、每一处血管、每一个构成生命的原子都非常珍贵。

而我们每一个生命有机体的珍贵，都远胜于这些脆弱部件的简单叠加。

每一个普通人的皮囊里，都精致地裹着一个高傲的灵魂，而成就它的就是我们每个人的经历、希望和梦想。

之前我经常被告知：人生短暂。但直到遭遇这起事故，我才对它有深刻的感悟。

而我现在才意识到，有许多次，我都差点失去了萨姆和企鹅。

有许多次，“人生短暂”真的差点成为现实。

是她们这样热情、温暖、生气蓬勃的存在，有力地点醒我：每一刻都有每一刻的意义。

所以，我想代表萨姆和企鹅鼓励你：

大声说出藏在心底很久很久的话吧，勇敢表达心声；放手去做想要为之拼搏的事吧，别迟疑，尽情拥抱这个世界的美好。

P e n g u i n
B l o o m

我和萨姆一直都相信：爱、亲密，外加一点探险精神，才是能乐享人生的关键。它的正确无误，企鹅已力证。

最重要的是，企鹅还教会我们：给他人带来欢乐是让自己快乐起来的最简单、最好的方法。

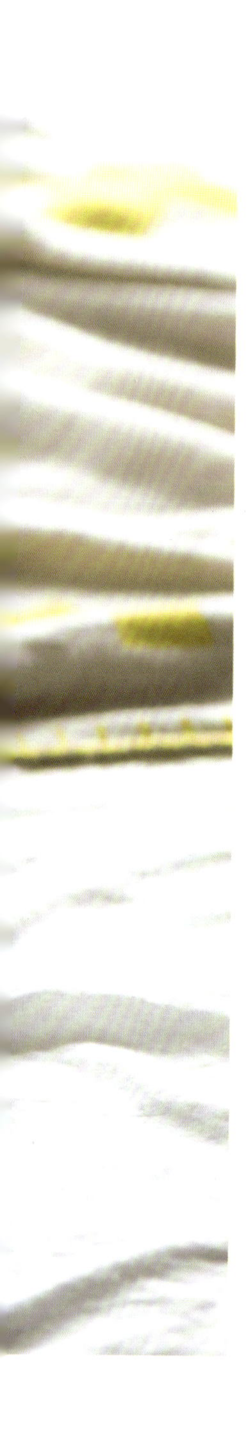

它还告诉我们：这个世界比我们能想到的要更温情脉脉。

不管境况变得多糟，悲悯、友情、支持都会从最意想不到的地方涌过来。

不管你有多么迷惘、孤独、挫败或是悲伤，请一定接纳亲人朋友的爱，同时也回报他们以爱。用尽全部力气的爱与被爱终将帮助我们再一次变得完整。

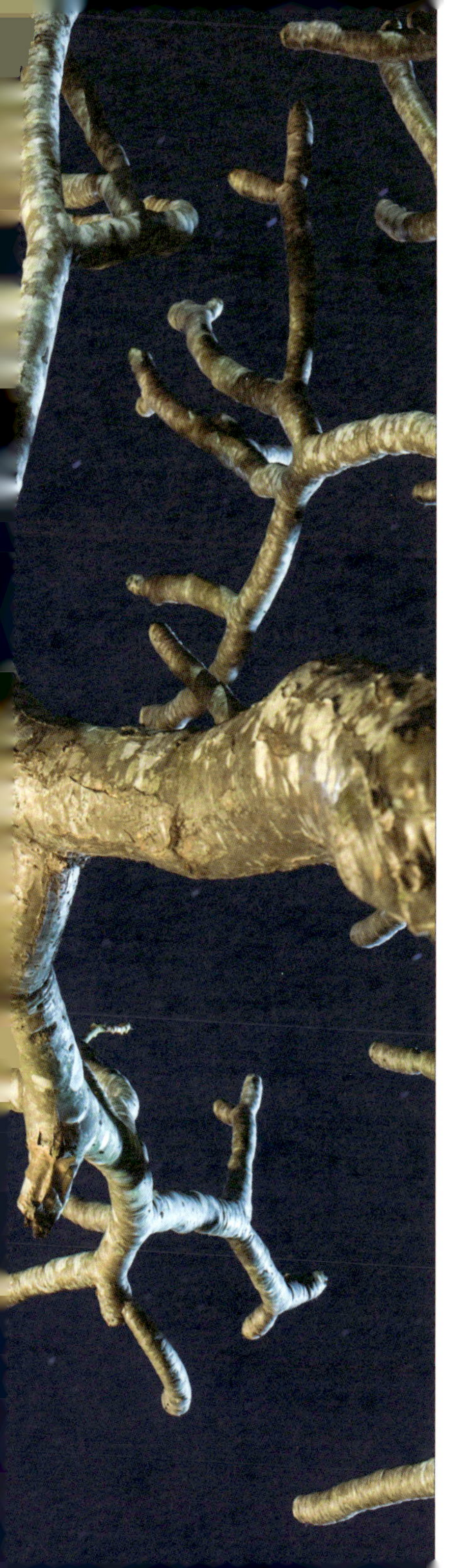

我从来不是奇迹的主宰者。我这一生都在试着用清晰的镜头捕捉世间的不寻常，而我也只能看到命运在何时何地展现了何物，又是如何的壮美或严酷。至于命运为何如此，我始终无法窥见一二。

当然，我无法知晓这超越人类理解力的神秘莫测。况且，相较于冷静缜密的理性，我更愿意选择诚挚热切的爱。

并且，我确实拥有——爱。

那种众所周知的炽热、美妙的爱。

我大概永远都不会接受“萨姆的事故是神的安排”这类说辞。于我，她的苦难，是生命不能承受之重。

面对如此磨难，换作其他人，或许早已丧命。但萨姆活了下来。而且，在我们最需要的时候，企鹅从天而降。我在心里对自己说：如果这些还不算奇迹，那布鲁姆一家真是幸运得无法解释了。

我无比感激我们家三个勇敢而出色的小小男子汉。结为朋友是选择，而成为兄弟属天意。当惨剧和混乱横亘眼前，这个家并没有因恼怒和愤懑而分崩离析，相反，他们相互扶持、患难与共，并回报以无尽的善意和怜悯。

他们或许永远不会理解，他们纯真的爱和勇气对于我和他们的妈妈来说意味着什么；他们也许并不知道，是他们把一蹶不振的我们引向那一线光明。

而对萨姆这位真正卓越的女性，我由衷感谢；能称她为妻子，更是我的荣幸。

萨姆的力量是我们这个家得以建立的基石。

不仅如此，她是我见过的所有人中最美的。

她与生俱来的优雅、幽默、谦逊，还有她的英勇决心，使得每一个跟她有所接触的人都想变得更好。

尤其是我。

有这样一个家，

我感到满心骄傲与自豪。未来将如何呈现，

我有无限憧憬和期待。

最后，感谢上帝，带来企鹅这只疯狂的小鸟。

正如我说的，
天使的模样和大
小，千千万万。

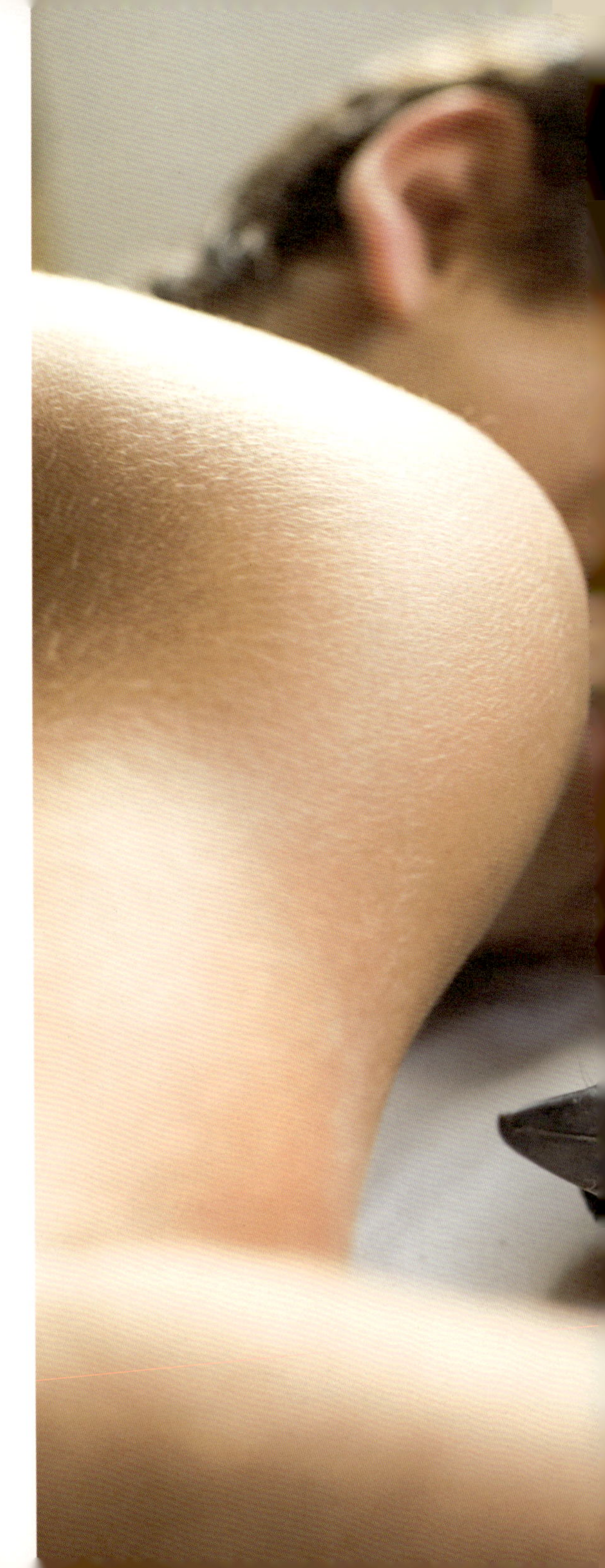

尾声

从企鹅开始成为我们家的一员到现在，发生了很多事。

萨姆日益“强大”。她不仅变得越发独立，而且已经找到办法应对经常发作的身体疼痛和那险些将她吞噬的消沉情绪。

萨姆得到来自企鹅、三个孩子以及我的爱与支持，她的状态用“日新月异”来形容一点也不为过。但我们也承认，萨姆对水域的爱无疑是她进步迅猛的主导因素，最棒的是，这份爱还帮她找到了新的生命激情。

对萨姆而言，皮划艇的价值远不只是可以观看周遭风景或进行一项体育锻炼这么简单。有了这个媒介，她可以不受制于轮椅，并逃离从一个看护人的照料到另一个看护人的照料这种枯燥沉闷的生活。萨姆的大部分时间就是在等，不是等着这个人帮她做这件事情，就是等着那个人替她做那件事情。但一接触到水，这种禁锢立马消失——一旦在皮艇上，她就可以自由“滑行”了。当萨姆拿起桨，她就对所处的位置和所做的事情有了绝对的掌控，那一刻，她才又一次属于自己。

她出院回家后不久，便加入了曼利华令加皮艇俱乐部，成为盖伊·哈特菲尔德教练队里的一员，她的潜力也很快被发现。仅靠双臂来控制比赛用皮艇，既要保持平衡又要提供动力，是不大容易的。但萨姆又一次将继承自父亲的固执发挥出正面效应。

经过短时间的训练，她便可以胜任俱乐部的比赛了。她的速度惊呆了全场，连她自己都被惊呆了。随着所用时间逐步缩短，她开始参加一些更为正式的比赛。仅仅 12 个月后，她就成了澳大利亚单人皮艇项目中划得最快的女性桨手。当萨姆第二次拿到全国冠军，并在这一年排名世界第八时，她引起了该项目的全国终极选拔者的密切关注。2015 年 3 月，萨姆被选入澳大利亚残疾人皮划艇国家队，作为精英队的一员进军当年意大利米兰静水皮划艇世锦赛。

之后萨姆训练得更加刻苦，每周 6 节划艇课、3 节体操课。她还跟国家队的成员一起，到昆士兰州参加专业级的训练——这是她出院后初次登上飞机。

尽管付出了艰苦卓绝的努力，世界冠军的称号却并没有如期而至。在意大利北部进行为期四周的密集训练时，萨姆的身体不堪重负，并导致第七根肋骨骨折，正好是在左肩胛骨下方的位置，也就是说，她左臂划桨的耐力、速度以及对这一动作的自我控制能力都丧失殆尽。但萨姆就是萨姆，她不会就这样放弃。忍着剧痛，她依然顽强地为米兰的资格赛做准备，迎接一场前所未有的恶战。她一路斯杀，冲进半决赛。但半决赛时，坏运气再度袭来。浮动的水草把船舵缠住了，导致转向装置出了点问题，萨姆因此偏离了航向而被取消了比赛资格。

因这样的乌龙事件被退赛实在令人无语，但我这位“超人”妻子还是以世界排名第 12 的成绩完成了她的首次国际体育赛事。更可喜的是，虽负伤参赛，她的比赛用时在之前训练的个人最佳成绩基础上，又少了 3 秒。这说明她完全有划得更快的能力和决心。

骨折的肋骨还在愈合中，而萨姆已将目标锁定在澳大利亚残疾人奥林匹克队，准备奔赴 2020 年东京残奥会。短短几年，萨姆在皮划艇项目上已有长足的发展，令人惊叹不已。但我很清楚，她前进的脚步，远未停止。

我、鲁本、诺亚、奥利弗前往米兰观看了萨姆的比赛。企鹅决定留守悉尼，因为那儿有它心爱的鸡蛋花树。之后，我们一家人登上了去罗马（萨姆最爱的城市）的火车，进行了一次迟到了多年的全家之旅。这次，我们重游了 15 年前我和萨姆热恋时游玩过的地方——古罗马竞技场、纳沃那广场，还有西班牙阶梯。这一次，我们很乐意通过孩子们的眼睛再次探访这些名胜。

这次欧洲之行对我们每个人来说都很特别，它唤醒了许许多多幸福的回忆，说实话，也夹杂着一些令人伤感的往事。一次罕见的突发事故使得我们在泰国的家庭度假在悲泣中结束，但这回意大利的家庭之旅，始于喝彩，终于欢呼，完美收官。萨姆征服自身残疾，同全世界较量一番，真是整个布鲁姆家族一次令人激动万分的经历。萨姆绝地重生，并取得辉煌成绩，她是我们家最优秀的代表。萨姆的皮划艇目标远不只局限于国际比赛，她和教练一起启动了一个项目，旨在让脊髓创伤患者了解、接触皮划艇运动，这才是最终目的。正因为萨姆在皮划艇运动上身心受益，好比重获新生，她才想跟尽可能多的人分享这切实有益的经历。不用说，我和孩子们都为我们的萨姆自豪到极点。更重要的是，能与她共度每一天，我们无比感激；对她，我们一往情深。

在过去的两年里，企鹅已长成可以自力更生、亭亭玉立的“大姑娘”了。它那光洁的羽毛、闪亮的喙，已让相当一波“适婚精英”意乱情迷。但我认为它还没准备好定下心来过安稳小日子。

每次它回“娘家”一趟，一蹦一跳地进入厨房、客厅、卫生间、卧室，好像这都是它的地盘——它那欢快的鸣叫，我们都爱听极了。但现在它花费越来越多的时间待在院子外的广阔天地里，因为那里有它结交的新朋友，而且还觅得一块完全属于它自己的新领地。

近来，企鹅越发展现出它社交达人的一面。新港海滩的当地居民常常可以捕捉到它的身影。看到在露天座位上喝着咖啡的人们，在售报亭买杂志的他，在干洗店取衣物的她，企鹅都会用它欢乐的歌声向他们问候早安、打招呼。

有一回，附近幼儿园（我们家三个男孩都曾在那里就读）的一位老师打来电话，声音有点激动，她告诉我，企鹅正在幼儿园里慷慨热情地帮小家伙们吃掉他们的午餐，并问我是否能尽快来一趟，把它接回家。见到我来了，这位“鲁莽无礼”的姑娘很是欣喜，以为我要留下来跟它一起享用丰盛大餐，但得知我并无此意，还要带它一同离开时，它有点难为情，也有点蒙——这些把美味伸到它嘴边的粉嫩的肥手指，明明就跟童年时给它喂食的那些小胖手一模一样嘛！

从一个曾经颤颤巍巍的小毛球，到战胜伤痛，成为现在凌空展翅的“惊鸿游龙”，我们由衷地替它高兴。然而，养育企鹅的过程中最令人欣慰的还是看到它成为真正的自己。它没有冷冷旁观自己的人生，而是以百分百的热情投入其中。它聪明、坚强、勇敢无畏，有着惊人的适应能力；同时，它也调皮、淘气、好奇心十足，滑稽可爱。

我们的小鸟“女儿”从不以恶意去揣测他人，相反，它总是怀揣希望，很容易就能发现快乐。虽天生是狩猎者，也洞悉自己身处世界的残忍，但它乐于与每个人结为朋友。

企鹅还极富同情心，并出人意料的温柔可人——关于这一点，我们是最直接的见证者。它曾帮助我们照料其他一些小鸟孤儿，其中包括一只五彩缤纷的吸蜜鹦鹉宝宝，它很小，比餐桌盐瓶大不了多少，但机灵得很。

我和萨姆都深信企鹅将来会是一位非常优秀的妈妈。但目前，只要它快乐、健康、自由自在，我们就已足够感激。

无边无际的天空，我们无意馈赠，它注定属于鸟儿。

不管企鹅飞向何方，它都是这个家的一分子，永远是。

来自萨姆的一封信

如果你或你身边有人因遭受严重的脊髓创伤而失去活动能力，那么请知悉，我接下来所讲的会真实得有些残酷。但值得你听一听，我绝无虚言。我无法假装对这样的结局心怀感恩什么的，因为我真的很难过。但这并不意味着我不能成为幸福的人，也不是说我不情愿活着。自事故发生以来，我体会到很多常人无法感受到的快乐，而且，我坚信前方的岁月更光明。虽然如此，我还是不想掩饰一路走来的艰难困苦，可怕的磨难一直就有并将继续存在。

如果没有丈夫和孩子们的爱与支持，没有亲朋好友（尤其是企鹅）的陪伴，我不确定是否能活到今天，即使活着，我想我也不会有现在这样好的状态。我对他们付出的爱有多感激，已不是言辞所能表达的；反过来，我对他们的爱有多深，也同样难以言表。

这次意外是我整个人生的分水岭。当听到“你不可能再下地行走了”这句话时，我才意识到以往所听过的所谓伤人的话语，简直就是拂面春风。从某种意义上说，我还是受上帝眷顾的。对于头部受伤这件事，我感觉自己很幸运，因为至少我对自己如何跌落，以及之后的种种惊心动魄、生死攸关都没什么印象了，所以，我无须承受恐怖场景一遍遍地在脑海中“回放”这件事。

残疾让我尝到前所未有的痛苦，过去的我绝对想不到世界上有这么强烈的痛苦。而我希望，这于你们永远都是未知地带。苦难让我注意到这个世界是多么需要同情心，它以一种奇特的方式在告诉我，我真的很走运。因为它，我才有机会看到我拥有最好的丈夫和孩子，在我低谷时，他们不离不弃。虽然代价惨重，但对于可以借此洞察到这世间的美好，我心表感激。

瘫痪这件事有点像你从昏迷中醒来，突然发现自己已经120岁了。你的家人朋友觉得你应该庆幸自己还活着，但实际上你相当沮丧，做起每件事情来都既迟缓又费力，很多以前最喜欢的、让你充满活力的事情，现在完全不可能去做了。如果真的是活到了120岁，那我可以用一辈子的幸福回忆支撑自己活下去；但我还那么年轻，我有充分的理由相信前方有一大波的精彩在等着我。我有太多太多想要去做的事情，可如今所有的计划、所有的梦想都破碎在我脚下——我这双失去知觉、不能动弹的脚。

成为截瘫者可不是老天给的意外惊喜。它赋予我看待生活的新视角，但这不等同于我经受了同样的心灵觉醒。我并不觉得灾难把我变成了更好的人，让我发现了新的人生目标。相反，我倒是时常觉得命运不公，对这飞来横祸愤愤不平。每当想到这些，我就想遁入荒野，把满腔愤懑化作歇斯底里的尖叫。如今，这种负能量爆棚的时刻少得多了，但也不是完全没有。

如果有读者朋友正处在恢复阶段的初期，我深知我的话对此时此刻的你们意义不大。因为我已经度过这噩梦般的一劫，再明白不过。第一次，我学着拎起我的两条腿，把自己从病床挪到轮椅，我仍记得那种恶心的体验。因为你会发现你揪起的肉是“死”的，就像在处理一坨生猪肉的感觉。从那之后的几个月，我整个人就只剩厌恶、恼怒和懊悔，几乎没什么积极情绪。我甚至百分百认定这辈子跟“笑”无缘了，但欣慰的是，最后事实证明我错了。

我无意佯装脊髓疾病方面的专家，我也知道会有个体差异。我只想告诉你，如果你内心深处涌现出冷冰冰的恐惧感，害怕从此成了一个畸形怪物，害怕人生的美好已是过去式，害怕真实的自己其实已亡故……这都是正常的。就算你经常涌现出自杀的念头，甚至宁愿自己死了……这也都太正常了。

在相当长一段时间里，我对和我的瘫痪有点关联的任何人、任何事物，都怀有强烈敌意，甚至到了失去理性的地步。我还迁怒于全泰国人民，我是那么地讨厌他们以至于本地一家外卖餐馆的红烧咖喱牛肉都被列入我的黑名单，要知道，它曾是我的最爱之一。听起来很荒唐是吧？但在疼痛、悔恨、悲伤、沮丧的四面围攻之下，你不疯才怪。

还会有一段日子，不管别人说什么做什么，你都会伤感得要命，或出离愤怒，或两者兼而有之。我就有一阵子对那些坚持规律生活的人们嫉妒到无药可救。看到女孩们腋下夹着冲浪板跑向海滩，我就会哭得不行了，苦闷的泪水汩汩不歇。我也明白这毫无意义，并且根本就是一种病态，但仍会这样。

把你的感受全部说出来是很有益处的，前提是你得说服自己开口说出这些难堪与无助。一杯酒能让我变得健谈。但我天生是个安静的人，所以我发现记日记是个不错的法子，好与坏都写进文字的过程可以排解我的消极情绪。尽管这很有用，但根据我的个人经验，最好的办法还是把它们大声说出来。把你的恐惧和愤怒表达出来，这些糟糕情绪就对你失去支配和统治作用了。

就这一点来说，企鹅是我的绝佳“顾问”。它总是专心致志地听着，不会有不安、焦虑的表情，也不会突然冒出一句敷衍且伤人的回应。有时候我愤愤地咒骂，天上的天使也一定为我脸红吧。但我需要发泄内心的挫败和失意，咬牙切齿地说些恶毒、可耻之语是我烦心至极的无奈之举，并无伤人之意。逼出这些心理上的毒液后，我觉得轻松多了。这样，我才能以更加积极的心态面对身边尽力帮我的了不起的人们。

当然，不是人人都能拥有一只像企鹅那样的鸟儿。但是跟一个健全的、没有像我一样经历过这种磨难的人交流，终究存在局限性。很多你深爱和钦佩的德才兼备的人，对截瘫意味着什么是不清楚的，他们也许以为被困于轮椅上会像坐沙发一样舒适。他们理解不了每天每小时每秒钟的生活都充斥着痛苦、绝望和屈辱是怎样的一种体验。别怪他们，这不是他们的错——谁没事会讨论“瘫痪了怎么办”这种话题？

对自己最有益的做法是寻找到最优的医学建议，并遵照执行，但这还不够，接下来康复的程度和速度就是你自个儿的职责了，你得按自己的情况去对付各种症状及缺陷。你越是努力，恢复得自然越好。这是必经之路，没有特效药，没有奇迹，更没有捷径可走。

除了要面对身体机能的毁灭性损伤，思想上的障碍才是最难攻克的。脊髓创伤要获得良性预后，我觉得心理因素占 80%，生理因素占 20%。靠着轮椅四处滚动的一团消沉的身影不是终极目标，任何可以改善你精神面貌的事情都能带你超越这种状态。反之，那些让你沉迷于往事的东西会迅速叫停恢复进程，甚至造成倒退。

出院后，对我帮助最大的主要有这几个方面。第一，拥有一个“核心后援团”，可以是你的直系亲属和最亲密的朋友。我的丈夫、孩子、妈妈、姐姐构成了这个团体，就这些人而已。随着时间的推移，我又慢慢加进了一两个好友，但始终是个小圈子。

看上去似乎有违常理，但在你康复的最初阶段，你只要获得自己需要的支持即可，没必要强迫所有的朋友和熟人参与进来。因为在这一阶段，你本身就是在如履薄冰地穿越一个“雷区”，稍不留神，一大帮泪眼婆娑的探视者你一句我一句的“早日康复”先就成了炸掉你的一个地雷。有些人会觉得，探视病人嘛，得说些所谓的趣事逗人开心；他们还会反复夸你是“身残志坚的励志楷模”。这很无趣好吗？刚开始你出于礼貌会稍作回应，很快乏味的说辞让你身心俱疲，进而演变成怨恨（谁想身残？！），最后干脆不想见人。

你应该让朋友们知晓，你对他们的善意十分感激，但当务之急，你需要多一点私人空间，好专注于适应新的身体状况。如果他们执意要帮忙，可以给些简单而具体的任务：购物时帮忙顺带买点，送孩子去参加足球训练，炖一盘法式烩菜……这样既减轻了家务负担，维系了好朋友间的联系，又不会耗费过多的精力储备，可以让你更加全身心地投入到康复锻炼中去。当时机成熟，你也准备好重新建立与最亲密朋友的交往时，真正是朋友的人都会理解并尊重你的。

我最大的难题之一是严重的窘迫感，听起来有点可笑但却是事实。我讨厌自己看起来怪怪的；我讨厌以前的衣服现在都没法穿了；我讨厌会不停地担心老朋友们是怎么看我的，同情我？还是将从前的我跟现在作比较？还有些情形令我自己都作呕，像死神不紧不慢地拽拉我。失去了排尿知觉又没嗅觉，导致我不停地担心自己会不会尿了一裤子却毫无知觉。

起初，我发现结交新朋友或是面对完全陌生的人比我预想的要容易得多。因为，这些人只认识现在的我，并不了解我的过去。这也许是一种拙劣的逃避手段，但也表明了我们（有残疾的人）最基本的需求——被看作跟正常人一样。一些朋友总会好心办坏事，他们总不由自主地把你当成一个需要悉心照看的伤心人儿，想要逗你高兴，喋喋不休地聊着事故前你们共同经历的大好时光，这真是叫人锥心般难受。

心中苦闷，人难免变得孤僻；自尊已支离破碎，社交圈子萎缩得所剩无几。尽管在多数人看来，我需要的私人空间要比一般人多，但我还是意识到：要保持心情舒畅、让康复良性进展下去，那么走出去、到处逛逛是必不可少的。我倒不是让你成为轮椅上讨人厌的自恋狂，但类似做法的确行之有效。到大千世界去，去尝试有意思的事物，这对现在的你来说肯定比以前要难太多太多，这也是我遗憾没能早一点去做的事情。所以现在，我竭力主张你们“滚”出去。

现在回过头看，在我出事两年后，我的社交开始变得容易起来，这绝不是偶然的。那时起，我开始接触竞技皮艇项目，并热衷于此。这件事让我有心怀期待的兴奋感。当时我并没意识到皮艇运动悄悄回馈给我了空前的自信，重要的是我因此拥有了许多新颖有趣的谈资，这进而又促进我社交活动的增加、朋友圈子的扩大。

良性康复的第二个要素是基本的体力和体质。这似乎无须多言，但在术后初期，我心心念念的是已经失去的身体机能，我所看见的只有变得困难重重的一切。日子一天天过去，我才意识到，增强体能和忍耐力可以让我免于整日关注身体所承受的没完没了的痛。而且，增强了体力和耐力后，日常活动也轻松许多，这使我有充沛的精力迎接更多的新挑战。如果你的臂力没法使轮椅翻越门厅里孩子遗落的一块湿毛巾，这该多让人心灰意冷啊！所以，听我一句，尽全力去改善机体的柔韧性、移动性、协调性和肌肉力量，这将让你避免在诸多家务琐事上浪费过多时间、精力还有眼泪。更有意义的事情还在等着你。

当然，有具体目标的训练要比单纯为了战胜疾病而锻炼更有优势，这也是运动和友谊赛的初衷吧。之前，运动一直是我的强项，所以事故后转到竞技项目对我来说跨度不算太大。但就算你天生好静不好动，我也非常支持你寻找一种体能挑战，进而迫使自己定期训练以期得到量化的结果。可以在每一个既定时间段内定一个小目标，比如：提起物更重一点、动作再多重复一组、距离更远一些、速度再快一点——这些对保持你的积极性很有用。

不管你选择哪一项运动，开头都不容易。仅仅让自己可以坐在皮艇上而不至于翻到水里去，我就花了至少两个月的时间。最开始练习时，我被一条腰带牢牢地绑在座位上，腰带上有一枚“重型”维可牢牌尼龙搭扣，绑得很结实，我甚至都担心这样绑着我，万一翻到水里去，我岂不是无路可逃（实际上不难逃脱）。

我接触皮划艇运动时并没有想过要参加比赛，之所以接触它，纯粹是因为我只是想在水上待着。我乐于走出家门，渴望身体的放松，依靠技巧“走”得更远的过程让我很享受。不知不觉，我驾驭皮划艇的技术便上升了一个层次，新机会也接踵而至。我并不想说皮艇是我活下去的新动力什么的——不是这样的，家人才是我小宇宙的永恒核心。只是划桨前行成为我生命里重要的一部分。当我回望我自出院以来的“征途”时，我觉得自己非常幸运，能够迈出“尝试”的这一步并坚持下来。

当然，你可以尝试能够让你乐在其中的任何体育运动，而不一定非要是皮划艇。而且，在我看来，一种运动所需要投入的精力和努力越多，它能够带给你的效果越显著。无聊、空虚是病人的头号大敌——当你脑袋无事可做时，你只能关注自己身上的不适，然后你会抱怨你所遇到的一切。这样，你会很容易掉入毁灭性情绪的漩涡。你身体的疼痛会越来越明显，而整个人也越来越消沉。单是“瘫痪”本身，对你、你的家人、朋友已是足够沉重的磨难，再添上你的暴脾气，不更是雪上加霜吗？如果长跑能排解你的愤懑，那流点儿汗、起几个水泡真是太值当不过了。

你根本不知道，事故会让你的喜好发生怎样的改变。大海依然吸引着我，大概我心里住着一个“水娃娃”精灵。可当我第一次重回海水中，本以为的“棒极了”的感觉并未出现。水面轻微的起伏就使我不知所措，仿佛有一个金属围腰紧紧裹着我，使我呼吸困难，十分恐慌。然而，我一点一点地慢慢找回了游泳的快乐——我的泳姿不优美，甚至还没学会潜水，但我享受这种运动，漂浮在水中的失重感很奇妙。

虽然我的味觉正急剧衰退，但这并不妨碍我做美食的热情，尽管重新掌握烹饪技能得好一阵子，并且这期间我做了太多的黑暗料理。你会觉得我老土吧？但为家庭成员做一些传统的、妈妈专属的事情，这种感觉很特别，尤其是他们很爱你做的一些小吃的时候。如今我自鸣得意的是，按我爸爸的方子做的杏子切块蛋糕，依旧能让家里的四个男人脸上浮现出赞赏的微笑。

去尝试尽可能多的新事物，才是让空虚节节溃败、让你的人生新世界越来越宽阔的关键所在。你要有这样的心理准备：既然是尝试，自然有成功，也有失败。对于任何一种结果，你都要坦然接受。不多尝试几次，你又怎知自己真正喜欢什么，真正擅长的是什么呢？所以，对新生事物，多说“Yes”，少说“No”；就算刚开始感觉不太好，也要先坚持一段时间再下定论。

衡量恢复水平的一个标准是，你是否到了可以承担一定职责而不仅限于照料好自己的程度。照顾病怏怏的小企鹅让我得到惊人的收获，呵护它恢复体力和独立的过程从很多层面都给了我极大帮助。只要我有能力，我都会努力成为他人可以依赖的人，而不是总依赖别人的人。哪怕是做一顿晚餐或开车送某人到目的地这样的小事，看似小事，其实很难，但做成的频率确实越来越高。每当这样的机会出现，都是对我的又一次肯定：我对身边的人是有用处的；我能自主掌控自己的生活；对于这个世界，我也是有存在的意义的。

生活不可能再回到事故前的模样，这对任何跟我有着类似遭遇的人来说，实在难以接受。可我还没法接受罗德·斯图尔特的唱片已售出1亿张了呢，接不接受又能怎样？事实就摆在那儿。活着的部分意义就在于努力突破局限。我和你，作为瘫痪的这类人，并不是处于“前无古人，后无来者”的境地。一些人已经继续前行，人生之旅照样精彩纷呈、战果累累，我们也可以的；一些人也曾时不时彻底情绪崩溃，我们的那份也在劫难逃。

从某些方面来讲，你的的确确是回不到以前的你了。现在，你的身体超过一半的部分只能是你人生的旁观者。我也曾常常觉得三分之二的自己已经死去，而且未来我的肩膀上会永远顶着一团被悲伤和怨气笼罩的乌云。但只要有得选，我还是会做那个积极向上的自己。没有人可以要求自己每天都事事顺心——别再给自己的消沉找借口。一味沉溺于过去，只会错失当下，也就输了未来。如何面对前方的坎坷与挑战，如何对待人生路上的获得幸福的机遇，选择权在自己手上。

遭遇此类变故的人身边的亲人和朋友，你们的悲伤和绝望，我感同身受。我知道，当一个人遭遇这样的身心创伤时，她的亲密朋友都会在痛苦和无常的情绪中挣扎。这种失落感是真实存在的，但你需要尽力去消化——请勇于向那些已走过这一程的人们寻求帮助，他们更清楚该怎么办。

如果你想给予实在的帮助，第一步是：别再陷入无谓的妄想和难过中。“真希望一切回到从前”这样的话，没有任何实际意义，你那点伤心、苦恼不及当事人的一丝一毫。话虽如此，但真要振作起来，并不容易。你需要花费至少一半的时间用于此，而你原本的生活中的事情会增加三倍之多。另外，陪伴在一个身处万丈深渊里万念俱灰的“炸药包”身旁，你还得随时保持勇敢和乐观，这可一点也不轻松愉快。

我唯一能告诉你的诀窍是：试着做到像跟健康人交谈一样，尽你所能去无视她的轮椅，关注眼前这个你一直熟知和深爱的人。你的聊天对象是你老朋友本人而不是轮椅上那位病人。对瘫痪者的缺陷要敏感，别大谈特谈那些已被残疾剥夺的人生乐事，这无异于在伤口上撒盐。虽说过个十年，再伤痛的过往都能成为下酒菜，但事故后的头几年里，它是能要人命的。请别告诉我们那些更惨的恐怖经历以企图证明我们是多么幸运。也别滥用极端案例，比如残疾人攻克旷世难关、徒手登上珠穆朗玛峰之类，弄得好像我们也得为此奋斗似的。多一些鼓励是很好的，但眼下先爬好属于个人的“珠峰”才是正经事。

对于我们这些遭遇事故的人，最难挨的还是刚出院回到家的那一阵。

家，是珍藏在我们心中的避风港湾，但从坐在轮椅上的角度再去看时，突然间，它的样子、它的温馨全都变了味，像是馊了的奶油蛋糕。回到家的甜蜜兴奋瞬间被碾成一地尘埃，这才是糟透了的时刻。当初躺在病房时，我们做梦都想睡回家里的床；一旦真回来了，没了医院里的那些便利的生活设施，什么事都比想象的难上千百倍。而且，整栋楼里出现的“轮椅人”就只有我，这是最近几个月里头一次出现的情形。在医院，有的是坐轮椅的病友，这让人出奇的安心。可现在呢，周围每个人都在继续着跟之前差不多的日子，只有我，变成了粘在轮椅上的一“坨”生命。以前属于我的家务活，现在也做不了了。我好像被一个圈圈住，再无法踏进原先正常的生活。我的丈夫娴熟地做着以前不擅长的事情，现在他俨然成为三个孩子的唯一家长了。这让我感到自己并不是真正意义上的母亲，也不再是这个家的一分子。

我们也是第一次当残疾人，哪会事事都明了？也别指望跟我们谈论这些，自己认真去琢磨、去发现关于残疾的一切，然后你就能更好地体会到我们正在面对的种种。别一脸无助地傻站在一旁了，试着想办法做些有意义的改变。为了给“囚禁”在医院的我解闷，我的丈夫卡梅隆（Cameron），买了一台便携 DVD 播放机，并精选了一些影片。而在这之前的非探视时间，我只能躺在病床上，把窗帘上的条纹数一遍，又一遍，再一遍……来度过这漫漫长日。此外，他还花了大量时间，在网上寻找更优的备选治疗方案和相关医学资料。他淘了好些“宝贝”，其中包括一款新奇的德式导尿管单向阀，比我一直在用的要高级得多；还有一把便宜的二手轮椅，这样就算在海滩边、潮水里推进推出的也不会心疼。这些明显不是令人心动的浪漫礼物，却让人满是好感。卡梅隆甚至还组织了一次社区募捐，不仅一辆可以用手驾驶的改装车有了着落，为方便轮椅进出而急需的厨房、卫生间改造也成了可能。他惊人的付出，让我感受到浓浓爱意自不必说，更重要的是，我的生活质量得到切实、即刻的改观，这继而又提高了整个家庭的生活品质。我称卡梅隆是大英雄，他还不好意思了。不过，他着实令人钦佩得五体投地。

请一定要记得不只是轮椅上的这位需要你照顾。我已经有你照料了，可你自己呢？我应付自身残障那一摊子事就已是泥菩萨过河，根本无暇顾及你的需求和感受。所以，请你一定一定挤出点时间给自己，继续你之前充实而精彩的人生，不光为你自己，也为了我，保持健康和快乐。你得走出家门，去见朋友……总之在经过了与病魔恶斗的疲惫一天后，得让自己缓口气，放松身心并重新振作。记住，你是我们派向广袤世界的“健壮特使”，只要你带回有意思的想法、新奇的趣闻、衷心的祝福和打不垮的积极心态，那就是头等功劳了。

分散注意力的事物不胜枚举，这就要考验你的创造力和想象力了。多提一些新想法、新事物，可以给我们的艰难前行提供一点助推力。而且，这也是你给自己开发新爱好的机会。谁知道呢，你选择的新事物没准让你们都感兴趣，并乐此不疲。去年夏天，卡梅隆和孩子们开始对养蜂产生兴趣，有点怪怪的（尤其卡梅隆对蜜蜂还严重过敏）但又很奇妙。我实在不确定自己在管理蜂箱方面能干出几成实事，但从第一天起，我却戏剧性地爱上了它。收获蜂蜜的那一刻，我又惊又喜，原来自己也帮了不少忙呢。我们轮流摇了蜜，之后我主要和孩子们一起负责装瓶和贴标签，然后我们还大胆尝试用蜂蜡制作有机唇膏和冲浪板的防护蜡。孩子们用这些连同一罐罐美味的有机蜂蜜，赚了额外的零用钱。万万没想到，曾全球漫游的萨姆有天会安心在家以养蜂为乐，但卡梅隆的好奇心既给孩子们开辟了一条绝妙的学习之旅，又给每位家庭成员带来无限乐趣。事实上，一家人忙忙碌碌给“邦根”牌蜂蜜装瓶的一幕，大概是我出事以来第一次给孩子们创造的真正温馨的家庭记忆。

总之，当我们呵斥命运、抱怨宇宙、怒对万物时，我劝你别太往心里去，这不是针对你的，绝不是。我们只是忧心所发生的浩劫，无奈自己的无力回天。往昔岁月，健全的那个自己，无一不让我们疯狂想念，抑或是陷入无尽的懊恼：当初那些微不足道的决定如果没做，彼时如果下意识地换一换某个决定，今天又会是怎样？我们讨厌轮子代替了双腿，我们只想回到过去的样子就好。这种求而不得的渴望，苦闷得已超出人类的忍耐力。尽管我们有时脆弱地不敢承认，可事实是，没有你们，我们根本度不过这一劫。真诚的感激和深深的绝望构成我们矛盾的心理，我们也许永远无法完全确认这痛苦有多深切，这份谢意又有多浓重。但请记得，你们的爱让我们活下来，并活下去。

我与现在自己的处境仍旧很难做到和解——我对瘫痪状态厌恶至极，每每听到“残疾”一词，我都局促不安。我愿放弃一切，去换回独自站立的能力。我才不要会跳舞、能爬山、赢奥运金牌。我只求能和卡梅隆手挽手在海边再漫步一回，是用我自己的腿，然后去切实地感受钻入我脚趾间的湿沙。一次就好。

任痛与悔再肆虐，我始终都明白，和家人共度的每一天都是上帝给的礼物。就在这悄无声息的日复一日中，我见证了可爱的小男孩们长成翩翩少年，我也见证了我自己的重生。每一天，都会带来治愈的新希望。

到了 21 世纪，人类还没找到脊髓损伤的有效疗法，这着实令人惊讶到痛心。全世界现约有 9000 万名脊髓创伤患者，每年新增病例多达 50 万（大部分都是年轻人，且刚步入盛年）。据世界卫生组织的研究，这类病人中的大多数，比如我自己，预期寿命长度将骤降，自杀的可能性增至 5 倍，尤其是事故发生后的头一年。

值得庆幸的是，医学界一些最具智慧的专家在这方面已逐步取得实质性进展：脊髓损伤导致的神经重创和坏死有望得到修复和再生。脊髓植入、细胞移植、电针刺术以及硬膜外脊髓刺激剂等创新技术的问世给了我极大的希望：我的躯干和下肢有可能恢复知觉和功能。也许有一天，我可以再次真正站起，重获独立。

貌似不可能的旧日美梦正一点一点在靠近。然而，重大医学目标的实现无一例外地需仰仗财力支持以推进开拓性研究。

让我自豪的是，我的丈夫卡梅隆·布鲁姆、我们的朋友布拉德里·特雷弗·格里夫各自捐出《企鹅布鲁姆》一书版税收入的10%，用于支持生命之翼脊髓研究基金会；和他们一样慷慨的还有北美出版社和阿垂亚图书公司，在我看来，这两家的慈善捐款，更显示了其杰出的公益姿态。

如果我们的故事让你有所触动，那我真心希望你可以考虑一下为生命之翼脊髓研究基金会出一份力，基金会的官网是 www.wingsforlife.com。

企鹅让我重获新生，而你的支持，将让我重新站立。

爱你并满怀诚挚谢意的

萨姆

QUICKIE

新的一天，

无限可能。